Un cas per a tu

...i la Penya dels Tigres

Primera edició: abril de 2001
Cinquena edició: maig de 2004

Direcció literària: Montse Ingla Mas
Edició: Núria Font i Ferré
Traducció: Anna Tortajada i Orriols
Il·lustracions i coberta: Werner Heymann
Disseny de la coberta: Estudi SM

Títol original: *Das Phantom auf dem Fussballplatz*

Balmes, 245 - 08006 Barcelona
editorial@cruilla.com

Comercialitza: CESMA, SA
Catalunya i Balears: tel. 936 308 400
fax 936 308 750
cruilla.cesma@grupo-sm.com
C. Valenciana: tel. 963 498 087
fax 963 474 836

ISBN: 84-661-0194-2
DL: M-18.230-2004
Imprès a Espanya / *Printed in Spain*
Impremta SM

Thomas Brezina

Un cas per a tu i

LA PENYA DELS TIGRES

El fantasma del camp de futbol

Il·lustracions de Werner Heymann

Traducció d'Anna Tortajada

editorial cruïlla

Hola! Som la Penya dels Tigres!

Virgi – Constant com un tigre
Lluc – Llest com un tigre
Pau – Fort com un tigre
_Ainara______ - Guapa com un tigre
(el teu nom)

Nom: Pau
Edat: 12
El meu fort: abans estava gras, ara sóc musculós. M'entreno cada dia. Hi ha qui diu que no sóc gaire llest. Són ganes de parlar!
El meu problema més gran: a vegades em domina la por! No ho digueu a ningú!
Trobo fantàstic: les pel·lícules d'acció, les coses que fan riure, l'esport, el meu conill Beni.
Tret identificatiu: gairebé sempre porto un xandall.

Nom: Virgi (en realitat, Virgínia)
Edat: 12
El meu fort: col·lecciono tota mena de coses i m'agrada ser jo qui talla el bacallà. A vegades els nois són una miqueta aturats!
El meu problema més gran: sóc molt tossuda i això sovint treu de polleguera els altres!
Trobo fantàstic: la roba xul·la, el gelat d'avellanes, les llaminadures, cuinar, els cavalls.
Tret identificatiu: sempre tinc a mà alguna cosa per picar.

Nom: Lluc
Edat: 11
El meu fort:
tinc deliri pels experiments, els ordinadors i tota mena d'aparells teledirigits. Fins i tot he construït una nevera voladora!
El meu problema més gran: al meu voltant regna sempre el caos més absolut! Sempre estic buscant alguna cosa.
Trobo fantàstic: les hamburgueses, els llibres que tracten de temes interessants (víkings, invents i coses així), la meva agenda ordinador, que he anat retocant fins a convertir-la en una meravella.
Tret identificatiu: no vaig enlloc sense la meva cartera de detectiu.

Ara tu ets un de nosaltres!
Presenta't, sisplau:

Enganxa una fotografia teva

Nom: Ainara
Baeza
Edat: 10
El meu fort: M'agradan molt els videojocs i els cavalls.

El meu problema més gran: Soc molt tusuda

Trobo fantàstic: les pitzes, els llibres de sobrenaturals (vampirs, fantasmas...etc)
Tret identificatiu: Soc molt guapa

Ara mateix començarà un nou cas per a tu i per a nosaltres!

MOLT IMPORTANT

Tu també pots participar en la nostra aventura. Al llarg del llibre, trobaràs preguntes que, amb el teu bon olfacte i enginy, podràs contestar.

Les preguntes estan marcades així:

Rumia bé i trobaràs la resposta correcta! A l'agenda ordinador d'en Lluc podràs comprovar si tens raó. Posa-hi el descodificador de la Penya dels Tigres al damunt, i fes-lo girar fins que hi puguis llegir la solució.

El descodificador i tot el que necessitis per al cas ho trobaràs en un sobre especial al final del llibre!

Recorda: Posa't un punt a la fitxa cada vegada que encertis la solució! La fitxa la trobaràs a la pàgina 123.

I ara, vinga, som-hi!

ÍNDEX

La pilota verd verí

NINGÚ va notar la presència d'una ombra que s'esmunyia per darrere la tribuna d'espectadors, al camp de futbol, i s'acostava a una caseta de metall. Sense fer soroll, va obrir la porta, que no estava tancada amb clau, va entrar a l'habitacle, que feia pudor de florit, i va tornar a tancar la porta.

A l'altre extrem del camp, davant dels vestidors, una vintena de nois esperaven impacients que arribés el seu entrenador. Entre ells hi havia en Pau.

–Ja n'estic fart! –va protestar–. No em vull estar aquí plantat, el que vull és jugar.

–Però no podem pas començar sense en Daniel! –li va recordar en Carles, a qui tothom anomenava «el gran professor».

–Potser està malalt.

–Ja et dic jo que no. Si l'he vist aquest migdia! –va replicar en Pau–. Sabeu què us dic? Vaig a buscar un parell de pilotes perquè puguem començar a escalfar. No deu estar pas prohibit, oi?

Els altres nois hi van estar d'acord. Només havien de procurar no trepitjar la gespa del camp mentre estiguessin sols.

En Pau va córrer al voltant del camp, cap a la caseta grisa on es desaven les eines, situada just al costat de la tribuna. Allà dins hi havia un tractor petit per tallar l'herba, una porteria de recanvi, material per renovar les línies del camp de joc i un munt de pilotes per entrenar.

En Pau ja era al davant quan es va recordar que la caseta sempre estava tancada amb clau. Tot i així, va girar el pom i la porta es va obrir amb un clic suau.

–He estat de sort! –es va alegrar en Pau. Però en aquell mateix moment va tenir un bon ensurt. Alguna cosa s'havia mogut en la foscor. O potser només li ho havia semblat?

Va agafar aire i va entrar a l'habitacle pudent. El sol havia escalfat l'ambient i allà dins feia pudor de pols, de terra i de mitjons suats.

En Pau va agafar tres pilotes d'una cistella i llavors va fer uns ulls com unes taronges: dins la cistella hi havia una pilota d'un verd llampant. D'on havia sortit? Va decidir endur-se-la fora i ensenyar-la als nois.

Així que va sortir de la caseta, la porta es va tancar sola. En Pau es va estranyar, perquè no feia gens d'aire.

El Tigre encara no havia arribat a la línia central quan va sentir un crit.

–Fora d'aquí! –va fer una veu ronca i enrogallada.

En Pau es va espantar tant que va deixar caure les pilotes. Es va girar i va mirar al seu voltant.

Pregunta per a tu

D'on surt la veu?

de la caseta pudent

L'aparició del fantasma

ELS ALTRES NOIS es van acostar a en Pau corrents i li van preguntar per aquella veu que els escridassava.

–Do..., doncs no ho sé –va quequejar el Tigre.

–Ei, què és això? –va exclamar en Bernat, el porter de l'equip, mentre collia de terra la pilota verd verí.

–L'he trobada a la caseta –li va explicar en Pau.

En Bernat li va llançar la pilota i en Pau la va agafar. Va ser aleshores que es va adonar de com n'era, de llisa. No tenia el tacte del cuiro, encara que ho semblés.

–Deixa-la anar! –va tornar a bramar la veu pels altaveus.

–Hi deu haver algun bromista a la cabina de locució –va dir en Pau.

Els nois es van girar cap a la tribuna. La cabina era, si fa no fa, al mig.

–Doncs em sembla que t'equivoques! –va replicar en Marc–. No hi ha ningú i les persianes estan abaixades.

–Però només des d'allà es pot parlar pels altaveus! –li va recordar en Bernat.

–Segur que hi ha algú allà dalt i s'està fent un fart de riure veient-nos –va dir en Marc.

–Anem, fem-lo sortir del seu amagatall! –van exclamar els nois i van arrencar a córrer.

En Pau va ser l'únic que es va quedar enrere. Girava i tombava la pilota desconcertat, mirant-se-la pertot arreu.

–Un moment –va murmurar mentre estirava la superfície de la pilota amb les puntes dels dits. Va aconseguir pessigar-ne un trosset. Era una mena de recobriment de plàstic, molt fi.

Llavors tot va anar molt de pressa.

–Mala sort, està tancat! –va exclamar en Bernat des de dalt.

–Compte! Darrere teu! –va cridar en Marc al mateix temps.

En Pau es va girar i va veure un personatge estrany, vestit de futbolista, que es llançava damunt seu.

«Un fantasma!», va ser el seu primer pensament quan va veure aquell ésser amb el cap pelat i la pell d'un to verd brillant.

El fantasma va córrer cap a en Pau amb el cap cot i li va prendre la pilota. Llavors la va xutar cap a l'altre extrem del camp i va córrer darrere d'ella.

El Tigre es va quedar un segon paralitzat, però llavors es va posar a perseguir-lo.

El fantasma va recollir la pilota amb la intenció de fugir. Va alçar una cama i va dubtar un instant, però abans que en Pau arribés, va desaparèixer darrere la tanca. De sobte va tornar a sortir d'allà on s'havia amagat i va llançar un cop de puny a en Pau. El Tigre va poder evitar el primer cop, però no el segon, i va caure estès a terra.

Quan es va aixecar, el fantasma verd ja no era enlloc.

–Sort que m'he fixat en una cosa important –va remugar en Pau.

Pregunta per a tu

De què s'ha adonat en Pau?

Que volia la pilota verda

Misteris i més misteris

—VA TOT BÉ? –li van preguntar amoïnats els seus companys d'equip.

–Sí, sí –va murmurar el Tigre fregant-se el braç adolorit on el fantasma l'havia pegat.

–Què representa tot això? –va preguntar en Bernat fent anar el cap.

Com sempre, en Marc tenia una explicació:

–Això és algun graciós que ens ha volgut prendre el pèl. Potser fins i tot era en Daniel!

–Hola, nois, què hi feu, allà? –van sentir just en aquell moment des de l'altra banda del camp. Era l'entrenador. Tots els membres de l'equip se li van acostar i el van observar amb suspicàcia.

–Què us agafa? Per què em mireu d'aquesta manera? –va preguntar l'entrenador, que des que havia sofert una lesió greu dos anys enrere no havia pogut tornar a jugar amb l'equip del club.

–Ho trobes gaire divertit? –en Marc se'l mirava amb cara de retret.

En Daniel va arrugar el front.

–De què em parles? Vinc del dentista i la visita s'ha allargat una mica. Em sap greu haver arribat tard.

Els nois se'l van creure, perquè en Daniel tenia una galta tota inflada. Llavors li van explicar el que havia passat.

–Això només pot ser obra d'un ximple! –va exclamar l'entrenador. Però no va trobar cap explicació per a la pilota verda.

Abans de començar l'entrenament, en Pau va trucar a la Virgi i en Lluc. Es trobarien després, al camp de futbol.

Tot esverat, va informar els seus amics de la Penya dels Tigres sobre allò que havia passat. La Virgi i en Lluc l'escoltaven bocabadats, però ells tampoc no en van treure l'aigua clara.

–Sembla l'argument d'una pel·lícula d'aquelles tan dolentes! –va dir en Lluc.

–Però, fos qui fos, no pot haver desaparegut! –va dir la Virgi i va voler que en Pau li mostrés el lloc per on el fantasma verd s'havia fet fonedís.

Just darrere la tanca hi havia un pendent per on es podia arribar al carrer, on hi havia tot de cotxes aparcats.

–Segur que el fantasma ha fugit en un cotxe.

–No he sentit pas el soroll de cap motor! –va replicar en Pau.

De sobte, en Lluc va deixar anar un xiulet.

–Em sembla que ja sé per on ha desaparegut!

Pregunta per a tu

Cap on ha anat el fantasma?

Per la clavaguera

Passes en la foscor

TOTS TRES TIGRES van pensar el mateix. Es van mirar, van fer un cop de cap i van saltar la tanca per anar fins a la tapa de la claveguera.

–Tant se val, de fet. Encara que el fantasma s'hagi amagat allà sota, a hores d'ara ja deu ser lluny –va dir en Lluc.

Tot i així, la Virgi volia donar-hi un cop d'ull.

–Espero que portis agulles d'estendre la roba per tapar-nos el nas! –va dir en Pau–. La pudor que farà allà baix serà molt pitjor que la d'una bomba fètida.

–Podré suportar-ho –va dir la Virgi–. Però entenc que no vulgueu ficar els vostres nassos tan delicats a la claveguera, encara que hi hagi la possibilitat de trobar-hi una bona pista.

–És clar que t'hi acompanyarem! –van rondinar en Pau i en Lluc.

Els feia ràbia que la Virgi els tractés de covards.

En Pau va agafar la tapa de metall, que pesava força, i la va enretirar del tot, de manera que va deixar al descobert un tub de ciment. A la paret hi havia uns ferros encastats que permetien l'accés a les profunditats.

La Virgi va passar primer i els nois la van seguir.

El tub era estret i profund. A mesura que baixaven, la pudor era pitjor. Per fi van arribar a una galeria amb un canaló ample al mig, per on corria una sopa repugnant de color marró.

Els tres Tigres es van tapar el nas amb fàstic. En Lluc va treure de la seva cartera especial una llanterna grossa i dues de petites que va donar a en Pau i a la Virgi.

Van enfocar el terra, però no hi van descobrir res. El passadís de la galeria es perllongava a banda i banda del lloc per on hi havien accedit i era tan llarg que la resplendor de les llanternes no en podia il·luminar el final.

–Proposo que dos de nosaltres vagin en una direcció i l'altre en la contrària –va dir en Lluc.

–No seré jo qui vagi sol! –va exclamar en Pau de seguida. Era un esportista magnífic, però no gaire valent.

–D'acord, doncs aneu-hi vosaltres plegats –va dir la Virgi–. Però m'enduré la llanterna més potent. Proposo que, com a màxim d'aquí a deu minuts, ens tornem a trobar en aquest mateix lloc.

La Virgi es va allunyar pel passadís xiulant com si res. Cada pocs metres trobava altres tubs, grans i petits, que s'obrien a la paret. Devien ser clavegueres que recollien

l'aigua de la pluja. Tres vegades va trobar passadissos més grans que també anaven plens d'aigües residuals.

Al cap d'una estona, la Virgi va donar una ullada al rellotge. Ja feia cinc minuts que caminava, però li semblava que feia una hora. De sobte va sentir unes passes al darrere. Passes fortes, feixugues. No podien ser ni d'en Pau, ni d'en Lluc. Es va girar espantada, però no hi va veure ningú.

–Hola! Qui hi ha? –va cridar no gaire tranquil·la.

No va rebre cap resposta i quan va enfocar el passadís, no va veure ningú. Llavors, la Virgi va aguantar la respiració. Però no va sentir res.

«Val més que giri cua», va pensar. I va arrencar a córrer. Quan va arribar al lloc per on havien entrat, es va quedar de pedra.

Pregunta per a tu

Per què s'ha espantat tant la Virgi?

estava el fantasma

L’home misteriós

—PAU! LLUC! –va cridar la Virgi en la direcció per on els nois havien marxat. Però ningú li va contestar–. Pau! Lluc! Veniu de seguida!

La seva veu ressonava per les parets i l’eco s’esvaïa progressivament. La Virgi va tornar a sentir passes. Algú s’acostava.

Amb les mans tremoloses, la Virgi va enfocar la foscor. Estava atrapada allà baix.

Algú havia posat la tapa que tancava l'accés del carrer. La tapa pesava força i estava segura que no se'n sortiria si l'hagués d'enretirar tota sola.

Llavors va distingir en la foscor una claror taronjosa.

–Què hi busques, aquí? –li va preguntar un home amb la cara plena d'arrugues. Tenia uns ulls petits i foscos, i una mirada irada que no s'apartava de la noia.

–Jo..., nosaltres..., vull dir, els meus amics i jo... Els meus amics vindran ara mateix! –va quequejar la Virgi.

–Vols dir que tret de nosaltres dos, encara hi ha algú més aquí baix? –va preguntar l'home.

–Sí, és el que li acabo de dir. Els meus amics, en Lluc i en Pau!

–No hi heu de fer res, aquí! –la va esbroncar l'home, que duia la roba tota esparracada i bruta–. Ens molesteu. A mi i als meus amics.

–Els seus amics? Aquí baix? –es va meravellar la Virgi.

Llavors va sentir arribar els nois, es va girar i va cridar tan fort com va poder:

–Pau! Lluc! Afanyeu-vos!

–Què passa? –les veus dels Tigres encara sonaven lluny.

–Afanyeu-vos!

Els nois van córrer a trobar-se amb ella.

–Què tens? Estàs blanca com el paper! –va dir en Lluc amoïnat.

–Aquest home...! –va exclamar la Virgi.

–Quin home? –va preguntar en Pau sorprès.

La Virgi no s'ho podia creure. L'home havia desaparegut sense que ella se n'adonés, ni el sentís allunyar-se.

–Era aquí..., us ho dic de veritat! –els va assegurar la Virgi.

En Pau va demanar a la Virgi que li descrivís l'home i va fer anar el cap.

–No pot ser el fantasma. Ell era bastant alt i fort.

–Com sortirem d'aquí? –va gemegar la Virgi.

–No pateixis, això ho arreglo jo de seguida! –va presumir en Pau. Es va enfilar per l'escala i va manipular la tapa de la claveguera esbufegant i fent força–. Llestos! –va dir poc després.

Els membres de la Penya dels Tigres van sospirar alleugerits quan van tornar a ser al carrer. En Pau va col·locar bé la tapa i tots tres se'n van anar cap a les instal·lacions del club de futbol. El senyor Soler, el vigilant, escombrava el terra dels vestidors.

–Voldria demanar-li un favor –li va dir en Pau–. Ens agradaria veure per dins la cabina de locució. Ens podria obrir la porta?

Al senyor Soler en Pau li agradava. El Tigre era un davanter molt bo i havia marcat molts gols per a l'equip.

–D'acord, veniu! –va dir, i els va acompanyar fins a la cabina.

–Hi ha algú més, tret de vostè, que tingui la clau d'aquest lloc? –va preguntar en Pau.

El senyor Soler va fer que no amb el cap.

Els tres Tigres van donar una ullada al petit recinte.

–Aquí hi ha una altra sortida –va xiuxiuejar en Lluc.

–Què dius ara? –en Pau i la Virgi se'l van mirar amb incredulitat.

Pregunta per a tu

De quina sortida parla, en Lluc?

en el armari

L'ocell ha volat

EN PAU va donar una ullada a la part del darrere de la cabina. A la paret no s'hi veia cap obertura. Aleshores, potser la porta secreta conduïa avall.

–Senyor Soler, hi ha una porta darrere el taulell d'autògrafs? –va preguntar al vigilant.

–Hi era, però quan es van fer les reformes a la cabina, la van canviar de lloc –li va explicar el senyor Soler.

«Una falsa pista!», va pensar en Pau decebut.

–Però, com s'ho devia fer, el fantasma, per parlar pels altaveus? –es va preguntar en veu alta–. Si de veritat era aquí, a la cabina, deu poder travessar les parets.

–Un fantasma? De què parles, noi? –va riure el senyor Soler.

En Pau li va fer cinc cèntims del que havia passat al camp.

–Ho he de fer saber al senyor Roig! – va dir llavors el vigilant.

El senyor Roig era el president del club de futbol. El seu despatx era per damunt de les grades dels espectadors.

La Penya dels Tigres va agafar l'ascensor de l'edifici del club que pujava directament al despatx. Quan es van obrir les portes, van veure un home, vestit amb xandall, que estava d'esquena.

–Vostè és una nul·litat! Si l'equip perd el pròxim partit, li asseguro que el faré fora! –cridava algú.

–És en Jordi Ferrer, l'entrenador de l'equip oficial –va xiuxiuejar en Pau als seus amics.

En Jordi Ferrer es va girar per ficar-se a l'ascensor i va topar amb els Tigres que en sortien.

–Què hi feu vosaltres, aquí? I com us ho heu fet per pujar? –va dir una veu en un to molt sever.

L'home que els parlava duia un vestit fosc.

Seia prop de la finestra, darrere una taula de despatx imponent. Tenia un cigar a la boca i feia cara de pomes agres.

–Hem agafat l'ascensor i hem pitjat el botó de dalt de tot –li va explicar la Virgi.

–Ah, sí, el bloqueig està espatllat –va explicar l'home–. Ja fa un parell de dies que qualsevol que vulgui pot entrar i sortir del meu despatx quan li sembli. Normalment cal disposar d'una clau especial per arribar-hi. Tret de mi i de la meva secretària, aquí no hi pot entrar ningú.

–Senyor Roig, ha sentit parlar mai d'una pilota verda i d'un fantasma? –va preguntar en Pau sense embuts.

L'home va fer una ganyota, com si acabés de mossegar una llimona.

–No puc perdre el temps amb criaturades. Fora d'aquí!

Va pitjar una tecla del seu escriptori. Pocs segons després va arribar l'ascensor.

La Penya dels Tigres volia afegir alguna cosa, però el senyor Roig els va fer sortir del despatx.

–Molt estrany, tot plegat –va remugar en Lluc mentre baixaven en l'ascensor.

–Quan vaig trobar la pilota verda a la caseta, em va semblar que hi havia algú amagat –va recordar llavors en Pau.

–Doncs anem a escorcollar la caseta! –va proposar la Virgi.

Hi regnava un ordre i una netedat modèlics perquè el senyor Soler, que era un maniàtic de la neteja, en tenia cura.

Mentre hi donaven una ullada, la Virgi rosegava neguitosa una galeta d'avellanes.

–És una llàstima que el gran desconegut no hagi deixat cap pista visible –va dir amb la boca plena.

–Potser no, però sospito on es pot haver amagat –va anunciar en Lluc.

On es pot haver amagat el desconegut?

a l'armari

Tophit, C 1877

—TENS RAÓ, noi! –va dir en Pau–. No ets tan babau com sembles!

En Lluc li va fer una ganyota i va enfocar amb la llanterna l'espai situat rere el tractor, però no hi va trobar cap empremta de cap sabata, ni cap burilla, ni tan sols un botó o un fil.

–Res de res! –va sospirar decebut–. Si el gran desconegut s'ha amagat aquí, no hi ha deixat cap rastre.

–Jo no n'estaria tan segur –va replicar en Pau mentre alçava una bossa d'esport. Estava molt tronada i plena de taques.

Els Tigres la van escorcollar a fons, però només hi van trobar un paper rebregat.

–Tophit, C 1877, 3 euros –va llegir en Lluc, amb cara de desconcert.

–Tophit és el nom d'un videoclub –va recordar en Pau–. La mare n'és sòcia.

–Llavors C 1877 deu ser el número d'un vídeo i els 3 euros és l'import del lloguer –va deduir la Virgi.

–Doncs no sé de quina utilitat ens pot ser aquesta informació –va rondinar en Lluc.

–Vés a saber però, de totes maneres, hauríem d'anar al videoclub i esbrinar de quina mena de pel·lícula es tracta –va proposar la Virgi.

Se'ls havia fet tard. Els Tigres havien d'anar cap a casa. Pel camí, en Pau no parava de donar voltes a dues coses que no es podia treure del cap i el tenien molt intrigat: qui era el fantasma i què se n'havia fet, de la pilota verda. Per això es va comprometre a passar pel videoclub l'endemà, després de l'escola, i llogar la pel·lícula C 1877. Es va quedar molt parat quan en va saber el títol: *El pagès del mas Edelweis*.

La Penya dels Tigres es va trobar a última hora de la tarda al seu amagatall secret, situat al soterrani del restaurant xinès el Tigre Daurat.

Allà hi tenien tot el que els calia per resoldre els casos que investigaven. Des d'un petit laboratori fins a una biblioteca amb diferents manuals de detectiu. Fins i tot hi tenien un ordinador i un aparell de televisió amb reproductor de vídeos.

–De veritat us voleu mirar això tan quico?

–va preguntar en Pau–. Penso que ens ho podríem estalviar perfectament.

–Posa la cinta d'una vegada, potser hi surt alguna cosa important! –va dir en Lluc.

Mentre en Pau posava la cinta, la Virgi va examinar-ne la funda. En Lluc va engegar el vídeo amb el comandament a distància. L'aparell es va posar en marxa, però la pel·lícula no va començar.

–La cinta deu estar espatllada –va dir en Pau.

–Potser a dins hi ha alguna cosa amagada! –va suposar la Virgi.

En Lluc, pensatiu, es va gratar la barbeta. De sobte se li va acudir una cosa que podia ser important.

Per què no es veu res a la pantalla?

Missatges secrets

—TENS RAÓ! –va dir en Pau, que havia tret la cinta i se la mirava.

–Torna-la a introduir, que la rebobinarem! –va dir en Lluc.

L'aparell ja era bastant vell i grinyolava.

–Compte que la cinta no es trenqui i l'hàgim de pagar! –els va advertir la Virgi.

En aquell moment, l'aparell es va aturar amb un clic i ell sol es va posar en funcionament. A la pantalla no va aparèixer cap imatge, sinó una resplendor grisosa. En Lluc anava a rebobinar la cinta un altre cop quan es va sentir una veu. Estava distorsionada i recordava el so dels dibuixos animats.

–En vull una demostració abans de fer-ne ús –deia la veu.

Tots tres es van mirar bocabadats. Què era allò?

Un llamp blanc va recórrer la superfície grisa de la pantalla. Després la imatge es va tornar gairebé negra i una veu de nas va dir:

–Dijous, carrer dels Carruatges, 9, pati del darrere, a les disset hores.

I res més. En Lluc va rebobinar la cinta un bon tros. Els dits li tremolaven. Quan va tornar-la a posar, es va trobar a mitja pel·lícula, la que anunciava el títol.

–Això és de bojos! –va exclamar la Virgi.

–Sabeu què vol dir, això?

–És clar que sí! Algú utilitza el final de la cinta per passar missatges secrets. Segur que aquesta cinta no la lloga gairebé ningú, per la qual cosa sempre va a parar a les mans de la persona a qui van adreçats –va deduir en Lluc.

–I segur que es tracta de delinqüents –va deduir la Virgi.

–Dijous és demà! –va dir en Pau.

–Hauríem d'anar al carrer dels Carruatges.

–Però primer hem de tornar la cinta. Potser la persona interessada encara no ha rebut el missatge! –va decidir en Lluc.

Els tres Tigres van anar plegats al videoclub. Darrere el mostrador hi havia una noia rossa que mastegava xiclet amb cara d'avorrida.

En Pau li va allargar la cinta i ella va agafar-la sense dir res.

–La lloguen gaire sovint, aquesta pel·lícula? –va preguntar el Tigre.

La noia va arronsar les espatlles.

–L'ha demanada algú, avui? –va insistir en Pau.

La noia va tornar a fer el mateix gest.

–Podria consultar l'ordinador i dir-nos qui va llogar aquesta cinta per darrera vegada? –va preguntar la Virgi a la noia.

–No, no ho puc fer –va replicar la noia–. No n'heu de fer res! Toqueu el dos! Això no és un parvulari!

Els tres Tigres van sortir renegant del videoclub.

–Què us sembla si ens amaguem per aquí prop i esperem a veure si ve algú a llogar la cinta? –va preguntar en Pau un cop van ser al carrer.

–Segur que vindrà –va dir en Lluc.

La Virgi se'l va mirar intrigada.

–Ho saps del cert o només t'ho imagines?

–Ho sé segur! –va replicar en Lluc.

Pregunta per a tu

Com pot saber-ho?

Qui ha estat el lladre?

ELS TIGRES es van esperar gairebé dues hores sense que aparegués ningú. Al final van haver de marxar cap a casa per no tenir problemes amb els pares.

Cap dels tres havia vist el cotxe de color blau fosc, aturat al final del carrer. Darrere el volant hi seia un home que, amb expressió d'enuig, no els havia tret els ulls del damunt. Sabia que l'aparició dels tres Tigres li portaria més d'un maldecap i que havia de resoldre aquell assumpte com més aviat millor.

Dijous, en Pau tornava a tenir entrenament fins a dos quarts de cinc. Després es reuniria amb la Virgi i en Lluc al carrer dels Carruatges. Tots tres estaven molt intrigats per saber amb què es trobarien.

Aquella tarda en Daniel estava de mala lluna. Rondinava contínuament i es queixava d'haver d'entrenar un equip tan dolent.

–Pau, al telèfon, afanya't! –va dir una veu des de l'interior de l'edifici del club. El noi va interrompre l'entrenament i va córrer cap a l'oficina que hi havia al costat dels vestidors.

–Està tancat amb clau! –es va sorprendre el noi. Llavors va mirar al seu voltant però no va veure ningú que l'hagués pogut cridar. La veu tampoc li sonava coneguda.

Va arronsar les espatlles i va tornar al camp.

Al cap de mitja hora, el senyor Roig es va presentar tot esverat al camp. Estava vermell com un perdigot i esbufegava com una màquina de tren de vapor.

–Algú m'ha robat una cosa! –va exclamar mentre assenyalava els nois amb un dit tot gras–. El lladre ha aprofitat un moment que jo he hagut de sortir per pujar al meu despatx amb l'ascensor. La meva cartera era damunt la taula. Quan he tornat al despatx, havia desaparegut. Qui de vosaltres ha estat el lladre?

Els nois van alçar les mans horroritzats.

–Per què sospita de nosaltres? –va gosar preguntar en Pau.

–Tinc els meus motius! –el va escridassar el senyor Roig–. Ara registraré les vostres bosses d'esport. Som-hi, acompanyeu-me tots.

Un cop van ser als vestidors, cada noi va haver d'obrir el seu armariet i el senyor Roig es va posar a regirar-ho tot.

–No trobarà res! No som lladres! –va exclamar en Pau.

Els altres nois li van donar suport amb un murmuri d'aprovació, però ningú no va gosar dir res més.

–A mi no m'enredareu, nois! –es va posar

a cridar el president del club de futbol–. Mira que bé, ja sé qui és el lladre!

Pregunta per a tu

Qui se suposa que és el lladre?

Què hi passa, al pati del darrere?

—ETS TU, el lladre, pocavergonya! –va exclamar el senyor Roig fet una fera mentre li clavava el dit al pit.

–Jo? Vostè no està bé del cap! –va esclatar el Tigre, indignat.

–A mi no em parlis així, si no vols que avisi la policia ara mateix! –el va amenaçar el president mentre treia la seva cartera de l'armariet d'en Pau i la feia anar davant del seu nas–: Em pots dir què és això?

–Pau, t'han trucat per telèfon –li va recordar en Daniel en aquell moment.

–Per telèfon? Si tenim les línies espatllades! Per això he hagut de sortir del despatx! –va exclamar el senyor Roig–. O sigui, que tens un còmplice que t'ha ajudat, oi?

–No, això no és veritat! –es va queixar en Pau.

–Ja pots marxar d'aquí, i pobre de tu que et torni a veure per les instal·lacions del club!

–va cridar el president mentre amb el dit estirat li assenyalava la porta–. Si et torno a veure per aquí, et posaré una denúncia.

En Pau, abatut, va acotar el cap. La cartera al seu armariet era una prova claríssima de la seva culpabilitat, encara que no l'hi hagués deixat ell. Els altres nois se'l van quedar mirant petrificats. Els costava de creure que en Pau fos un lladre.

El Tigre es va canviar amb una esgarrapada i es va afanyar a sortir dels vestidors. Després va agafar la bicicleta i va anar cap al carrer dels Carruatges.

La Virgi i en Lluc no es podien creure el que sentien quan els va explicar el que havia passat.

–Algú te l'ha jugada posant la cartera al teu armariet –va dir la Virgi tota convençuda.

–Però, per què? –va sospirar en Pau.

–Per fer-te semblar dolent, perquè agafis mala fama –va suposar en Lluc.

–Ens n'ocuparem –li va prometre la Virgi.

–Però primer hem d'esbrinar què passa al pati del darrere del número 9 d'aquest carrer.

Encara que feia sol, en Pau tremolava quan van arribar a la casa de tres plantes, amb una gran portalada d'entrada. La porta es va obrir sense problemes. Van pujar per una escala fins al primer pis. Des d'una

finestra del passadís podien veure el pati del darrere on hi havia dos nens jugant a futbol.

–Va, Esteve, ara et toca a tu fer de porter –deia el més gran. Però era evident que a l'altre, el canvi no li feia gaire gràcia.

–No vull, Albert –es va queixar. Però l'Albert va insistir i l'Esteve es va posar davant la porteria feta amb llistons de fusta.

L'Albert va col·locar la pilota, va agafar embranzida i la va xutar.

L'Esteve va fer un salt i va poder parar la pilota picant-la amunt amb les mans, però llavors va relliscar i va caure a terra. La pilota va anar a parar a l'altra banda del mur.

–Ja hi tornem a ser! –va sospirar l'Esteve. Es va enfilar damunt d'un contenidor d'escombraries i va saltar el mur.

–Què fas? –va preguntar l'Albert quan va veure que no apareixien ni la pilota ni l'Esteve.

–No la trobo! –li va contestar l'altre noi–. Ah, sí, ja la veig!

La pilota va caure a l'interior del pati descrivint un gran arc i després el noi va saltar el mur. Els nens van continuar jugant.

En Pau va empassar-se saliva.

–Ei, tinc una sospita!

–I a mi em sembla que hi ha algú més vigilant el pati –va xiuxiuejar la Virgi.

Pregunta per a tu

Què sospita en Pau? On és l'observador?

Persecució amb impediments

—AIXÒ vol dir que els individus de la cinta de vídeo són a prop! –va exclamar en Lluc esverat–. M'hi jugo el que vulgueu que un d'ells és el fantasma.

–Jo m'encarrego de qui hi hagi rere el mur! –va dir en Pau.

–I jo intentaré localitzar el pis on s'amaga l'altre! –va decidir en Lluc.

La Virgi va quedar encarregada de no perdre el pati de vista.

Quan en Pau va entrar al pati, l'Albert acabava de xutar altre cop la pilota a l'altra banda del mur. Es disposava a enfilar-se per anar-la a buscar, quan la pilota va tornar sola.

–Gràcies! –van cridar els nens.

En Pau es va posar a córrer cap al mur i es va enfilar al contenidor.

–Ei, tu, què hi fas, al nostre pati? Fora d'aquí! –li van cridar els nens, mentre intentaven aturar-lo agafant-lo per una cama.

–Deixeu-me anar! –va cridar en Pau mirant de desempallegar-se d'ells.

Va sentir passes a l'altra banda del mur. Algú s'allunyava sense pressa.

En Pau va comprovar amb una ullada ràpida que, aquesta vegada, el desconegut havia tornat als nens la seva pilota de veritat. Devia marxar amb l'altra.

L'Esteve i l'Albert van aconseguir fer caure en Pau del contenidor i se li van tirar al damunt.

–No hi has de fer res, tu, aquí! –el van escridassar.

En Pau tenia prou força com per poder fer front a tots dos, i si els deixava fer sense defensar-se era perquè no els volia fer mal. Però quan l'Esteve va provar de pessigar-li el nas, el Tigre ja en va tenir prou. Amb un crit gutural es va treure del damunt els nens i va saltar el mur. Amb tanta mala sort que va anar a parar enmig d'una mata d'ortigues.

Es va aixecar renegant i va continuar endavant.

Era en una parcel·la gran, plena de males herbes. Va mirar al seu voltant i va distingir tres persones a certa distància. A qui havia de seguir?

Des que la pilota havia aparegut per sobre del mur, havien passat uns tres minuts.

En un minut es podien caminar uns dos-cents metres, va calcular en Pau. Llavors va treure de la seva cartera la targeta d'aventurer per poder calcular a quina distància era cada una d'aquelles persones.

Pregunta per a tu

A qui ha de seguir en Pau?

Consell de la Penya dels Tigres

Tu també tens la targeta d'aventurer! Les instruccions per fer-la servir les trobaràs a la pàgina 124. Compara els homes del dibuix amb els dibuixos de la targeta.

Atrapat

EN PAU va emprendre la persecució.

Mentrestant, en Lluc havia trobat l'entrada de la casa veïna i hi havia entrat. Era allà plantat, sense saber ben bé cap on tirar. A quin pis devia ser la finestra per on mirava el misteriós desconegut?

«I si truco a totes les portes i em fixo en la gent que m'obri?», va pensar el Tigre. Però de seguida s'ho va treure del cap. Li feia por trobar-se amb el fantasma. Llavors va sentir soroll en un dels pisos. En Lluc es va espantar i va córrer cap a l'escala. Potser el desconegut ja abandonava el seu lloc de vigilància. Per tal de no topar-se amb ell, el Tigre va pujar fins dalt de tot i es va aturar al davant d'una porta de metall, tota abonyegada, que era ajustada.

A baix es va obrir la porta d'un dels pisos. En Lluc es va ajupir i va treure el nas entre els barrots de la barana. Va veure un home que duia una jaqueta ampla de color fosc i una gorra de pell al cap. Per poder guipar alguna cosa més, en Lluc es va haver d'abocar per damunt la barana i, llavors, el bolígraf que duia a la butxaca de la samarreta li va caure i va repicar contra el terra.

El Tigre es va fer enrere horroritzat. El desconegut es va aturar a l'acte. Va mirar enlaire i es va posar a pujar les escales, sense pressa.

En Lluc es va notar els batecs del cor a la gola. De quatre grapes, va enfilar-se fins dalt de tot de l'escala i va amagar-se a les golfes, on feia olor de resclosit i s'hi estava a les fosques.

L'home continuava pujant. En Lluc, quan va sentir que les passes eren a tocar, va tancar la porta de les golfes, sense que el pany fes gaire soroll. Al Tigre se li va glaçar la sang quan va sentir que algú sacsejava la porta des de fora. Es va amagar rere una pila de caixes. Tant de bo el desconegut no l'enxampés!

El soroll a la porta es va aturar.

En Lluc va aguantar la respiració i no es va moure. Tot va continuar en silenci.

En Lluc encara es va esperar deu minuts més abans no va gosar acostar-se a la porta. Llavors es va trobar que no podia obrir-la. L'única cosa que va aconseguir al final va ser quedar-se amb el pom a la mà.

O sigui que el desconegut no havia entrat a les golfes perquè no havia pogut obrir!

En Lluc es va posar a picar amb els punys a la porta demanant auxili. Algú l'acabaria sentint.

De sobte li va venir un pensament al cap.

L'edifici li havia semblat buit i abandonat, així que hi havia entrat. Només a la planta baixa havia sentit cantussejar algú rere una porta. Fora d'això, a la resta de l'edifici regnava el silenci.

–Maleït sigui! Estic atrapat! –va gemegar.

Vindrien a buscar-lo en Pau i la Virgi? El trobarien, allà dalt de tot? De sobte li va venir un atac de pànic. Havia de sortir d'aquelles golfes, però com s'ho faria?

Com pot fer que algú el senti?

Consell de la Penya dels Tigres

Trobaràs informació important a la targeta col·leccionable de trucs.

Un viatge no desitjat

EN PAU s'havia acostat molt al sospitós. No s'havia equivocat de persona. Aquell home duia una bossa d'esport i es notava que a dins hi havia una pilota. Aquella bossa era idèntica a la que havia trobat la Penya dels Tigres a la caseta de les eines del camp de futbol.

L'home semblava força normal. No era ni molt alt ni molt baix, però tenia un aspecte atlètic. Si alguna cosa cridava l'atenció en ell era la manera que tenia de caminar, com un gall presumptuós.

Es va aturar al costat d'una furgoneta de repartidor, va obrir-ne la porta del darrere i hi va llançar la bossa d'esport. Després va anar cap a la part del davant i es va recolzar en el capó de la furgoneta. Es va treure un mòbil de la butxaca i va marcar un número.

En Pau va voler aprofitar l'oportunitat per agafar la bossa on hi havia la pilota.

Es va acostar a la porta del darrere i la va obrir, però la bossa era al fons de tot de la furgoneta. S'hi va haver d'enfilar i, quan allargava la mà cap a la bossa, l'home va pujar al cotxe i va posar el motor en marxa. A l'acte es va posar en moviment i en Pau no va tenir temps de baixar-ne. Es va quedar atrapat. Per una finestreta podia veure

l'esquena del conductor. Es va fixar en la xifra del comptador de quilòmetres.

El viatge se li va fer etern. El Tigre rumiava neguitós què podia fer per tal de no ser descobert, però no se li acudia res.

Llavors el cotxe es va aturar. En Pau es va posar a tremolar de por. L'home va baixar del cotxe i es va allunyar sense obrir la furgoneta.

«Un bon moment per sortir d'aquí!», va pensar en Pau. Va tenir temps d'obrir la porta i treure el cap, però de seguida es va fer enrere, perquè l'home ja tornava. Duia a la mà un flascó fosc, com els dels xarops que es venen a les farmàcies. Va tornar a pujar al cotxe i va arrencar.

Tan bon punt la furgoneta es va tornar a aturar, en Pau va decidir saltar fora i arrencar a córrer.

Va estar de sort, perquè el conductor va tornar a baixar i el Tigre va sentir com s'allunyaven les seves passes. Quan se

n'havia allunyat un parell de metres, en Pau es va adonar que s'havia oblidat d'agafar la pilota, però en aquells moments tant li feia.

Mentrestant, la Virgi observava els dos nens al pati. S'havien assegut a terra, recolzats a la

paret. Parlaven en veu baixa i no paraven de badallar. Llavors la Virgi es va adonar d'una cosa que li va semblar força estranya.

Pregunta per a tu

Què és tan estrany en els dos nens?

Descobriments sorprenents

ELS COPS que donava en Lluc havien alertat la dona gran que vivia a l'entresòl. Com que de petita havia llegit moltes novel·les policíaques havia reconegut els cops demanant auxili, SOS, i havia contestat, picant ella també els tubs de la calefacció. En Lluc li havia explicat en Morse que s'havia quedat tancat a les golfes.

A les set de la tarda, els Tigres es van trobar al seu amagatall secret. Tots tres es van explicar el que els havia passat i el que havien descobert.

–Sabeu què m'ha semblat? Que l'Esteve i l'Albert s'havien posat malalts de cop i volta. Suar d'aquella manera, asseguts a l'ombra, no pot ser normal de cap de les maneres.

En Pau i en Lluc li van donar la raó.

–Al cap d'una estona s'han aixecat i han continuat jugant com si res! –va dir la Virgi.

De sobte en Pau va recordar una cosa important.

–Us recordeu del que vam sentir a la cinta de vídeo? Es parlava d'una demostració, d'una prova.

La Virgi i en Lluc van fer que sí.

–No sé per què, però sospito que la pilota ha fet posar malalts els nens –va dir en Lluc.

–Però, com? Era una pilota d'allò més corrent. En tot cas ho semblava –va dir en Pau.

En Lluc, pensatiu, es va gratar la barbeta, mentre mirava de fer encaixar les peces d'aquell trencaclosques.

–Recapitulem: tu et vas trobar per casualitat una pilota verda a la caseta. Però la pilota era per al fantasma, que sabia ben bé de què es tractava i que per això et va avisar pels altaveus. Com que no li vas fer cas, et va atacar per recuperar la pilota.

–Però aquella era verda i la que tenien els nens era com qualsevol altra pilota de futbol! –va replicar en Pau.

Llavors en Lluc va treure del calaix un rotlle de plàstic molt fi, del que es fa servir per protegir els aliments, però de color verd, i li va posar sota el nas.

–La pilota estava embolicada amb això!

En Pau li va donar la raó. Per això la pilota tenia un tacte tan estrany. Però, per què algú havia embolicat una pilota amb aquell plàstic?

La Virgi va tenir una idea.

–Pau, em sembla que feies nosa al fantasma i per tal que no tornessis a aparèixer pel camp de futbol, et va posar la cartera robada a l'armariet.

En Pau va fer que sí i després va dir:

–Però quin sentit pot tenir una pilota que posa la gent malalta?

–Doncs podria servir perquè els jugadors de l'equip contrari es trobin malament durant un partit i els altres guanyin! –li va aclarir en Lluc.

–Però com vols que la pilota distingeixi uns jugadors dels altres? Hauria de dur un ordinador incorporat! –va dir en Pau.

–Mmm! –va ser l'única resposta que li van donar en Lluc i la Virgi.

–M'agradaria saber d'on va treure l'home de la furgoneta el flascó de xarop –va dir en Pau–. Només sé que va recórrer un quilòmetre.

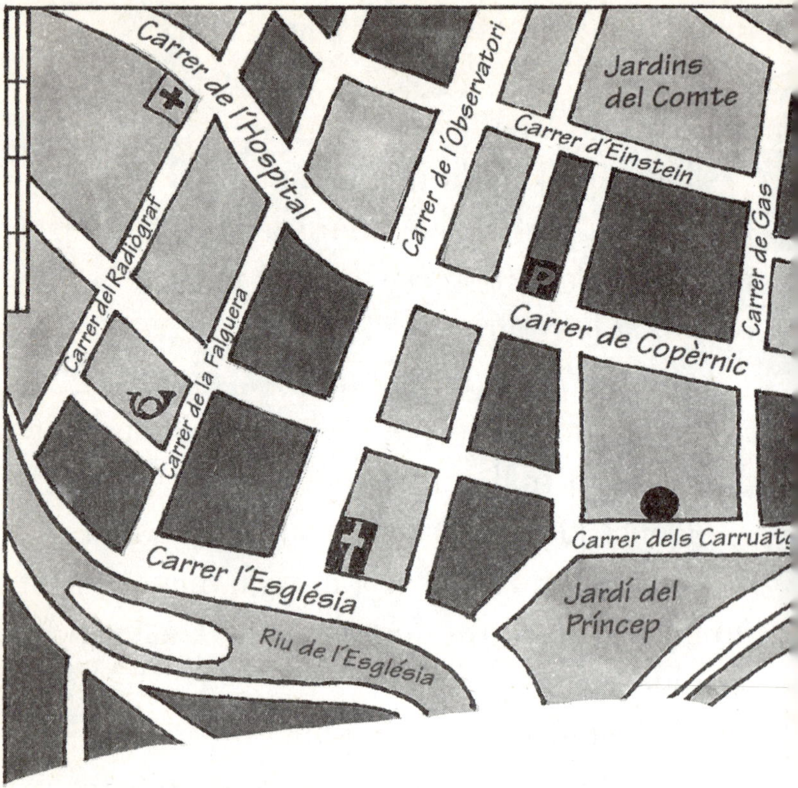

–És una bona distància! –en Lluc va agafar un plànol de la ciutat i va buscar el carrer dels Carruatges. Llavors va marcar amb un punt el lloc on hi havia la casa amb el número 9.

–Treu la targeta d'aventurer i busca en un radi d'un quilòmetre! –va dir a en Pau.

Pregunta per a tu

On ha anat el transportista?

Consell de la Penya dels Tigres

Utilitza la targeta d'aventurer. En trobaràs les instruccions a la pàgina 124.

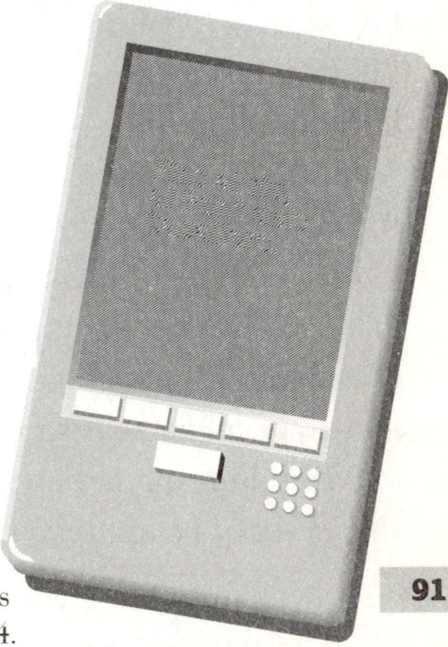

L'antídot

DIVENDRES a la tarda, els Tigres van anar amb les bicicletes fins al lloc on s'havia aturat el transportista.

–Sí, va ser just aquí. Reconec el lloc –va dir en Pau.

Però allà no hi havia cap casa a la vista. Només hi havia un vaixell atracat vora el riu.

–I si fos aquí, on l'home va venir a buscar el flascó? –va rumiar en Lluc en veu alta.

Els Tigres es van amagar per poder vigilar la barca sense ser vistos.

Al cap d'una hora encara no havia passat res, ni havien vist ningú.

La Virgi ja s'estava acabant el paquet de galetes d'avellanes, quan de sobte va arribar el transportista amb la furgoneta. Va aparcar i va pujar al vaixell. Va donar uns copets al vidre d'un ull de bou i va esperar.
Poc després va aparèixer a la coberta una

dona que duia els cabells recollits en una cua de cavall mal feta. En Lluc va treure de la seva cartera especial un aparell que semblava un walkman. Va dirigir un disc en forma de plat cap al vaixell i va indicar als altres Tigres que s'acostessin més per tal que escoltessin pels auriculars. Hi havia força interferències, però tot i així, i malgrat la distància, van poder sentir força bé la conversa.

–Ha pagat? –va preguntar la dona.

–Encara no –va dir l'home empipat–. I això que ja li ho hem lliurat tot.

–No t'ho pensis. Al flascó només hi havia aigua. L'autèntic antídot encara és a baix, al laboratori. Sense l'antídot no pot fer servir la pilota tractada perquè també se li adormiran els propis jugadors. Tinc la impressió que aquest individu ens vol prendre el pèl.

En Lluc va alçar les celles. O sigui que era cert que la pilota duia alguna mena de substància. Però hi havia un antídot. Qui se'l prengués, no tindria cap problema.

–Què hi has posat, a la pilota? –va preguntar l'home.

–Un producte que s'evapora durant el joc. Només cal inhalar-ne una mica perquè et vingui un cansament molt gran. I el millor de tot és que, com l'antídot, no fa gens d'olor ni té cap mena de gust. Val a dir que no és del tot inofensiu, però per sort no es pot detectar amb cap prova, ni amb cap analítica.

–Anem a baix. Hem de gravar un missatge a la cinta de vídeo que obligui el nostre amiguet a pagar! –va dir l'home.

–Si no paga, t'asseguro que diumenge el seu equip s'endurà una sorpresa força desagradable.

Després, tots dos van desaparèixer a l'interior del vaixell.

La Penya dels Tigres ja en tenia prou amb el que havia sentit i es van afanyar a marxar.

–Hem d'informar de tot això el senyor Roig! –va dir en Pau.

En Lluc i la Virgi van fer que no amb el cap.

–No s'ho creurà. Pensa que, per acabar-ho d'adobar, ara et té per un lladre.

Els Tigres van pedalar seguint el riu fins a arribar a un mercat de coses de segona mà.

De sobte la Virgi va frenar en sec i, tota esverada, va assenyalar una de les parades.

Què passa?

Pep, el Rata

—ÉS ELL. Seguim-lo! –va cridar, molt engrescada.

Van deixar les bicicletes aparcades de qualsevol manera i amb les presses es van oblidar de posar-hi el cadenat.

La Virgi es va obrir pas entre la gent. En Lluc i en Pau gairebé no podien seguir-la de tan de pressa com anava.

L'home de les clavegueres caminava amb el cos tirat endavant i carretejava una motxilla plena de coses. Es va aturar en una parada de joies antigues i va treure de la motxilla un collaret tot brut. El va ensenyar al venedor i li va preguntar amb la veu ronca:

–Quant me'n dónes?

El comerciant va agafar la joia, la va netejar i la va examinar a fons.

–D'on ho has tret, això, Pep? –li va preguntar després, fent anar el cap.

–D'on vols que ho hagi tret? De les clavegueres! –va dir l'home amb orgull–. No et pots imaginar la de coses que hi llença la gent. Va, digues, què me'n dones?

–Dotze euros. No val gran cosa –va dir el venedor.

–Trenta! –va regatejar en Pep.

Es van posar d'acord en vint-i-quatre.

Quan en Pep va continuar el seu camí, la Virgi es va acostar a l'home de la parada.

–Coneix aquest home?

–És en Pep, li diuen el Rata. Viu a les clavegueres i diu que les rates són els seus millors amics. La gent li té por, per la fila que fa, però és un bon jan.

La Virgi li va donar les gràcies i va córrer darrere en Pep, el Rata.

–Escolti... Perdoni... Li vull preguntar una cosa!

El vell es va girar i se la va quedar mirant.

–Deixa'm estar, noia, no et conec de res! –va rondinar l'home.

–Sí que em coneix... Fa un parell de dies ens vam trobar a les clavegueres. És molt important, de veritat! No ha pas vist per allà sota un fantasma verd?

En Pep, el Rata, va fer anar el cap.

–No sé de què em parles!

–Ja ho crec que sí! Vostè ha vist el fantasma! –va dir la Virgi–. Per què no ens vol ajudar?

Per què està tan segura la Virgi que en Pep, el Rata, ha vist el fantasma?

La mà del fantasma

—MIRI, algú planeja una cosa molt grossa al camp de futbol. Els jugadors estan en perill! –va cridar la Virgi.

En Pep, el Rata, es va aturar i va somriure.

–M'agrada el futbol! –va dir llavors–. Sovint miro els partits del club, tot i que, darrerament, l'equip juga cada cop pitjor.

En Pau i en Lluc escoltaven la conversa en silenci.

–Si us plau, digui'ns si ha vist alguna cosa estranya que li hagi cridat l'atenció –va suplicar la Virgi a l'home.

En Pep, el Rata, va fer un gest perquè el seguissin. Van anar plegats fins al riu i el vell es va asseure en un mur del moll.

–L'altre dia, jo era per les clavegueres. Hi buscava coses que pogués vendre. Llavors va arribar ell, aquell individu de color verd. Venia de dalt i em va clavar un bon ensurt! –els va començar a explicar el vell.

O sigui que els Tigres no anaven errats quan van sospitar que el fantasma, fugint d'en Pau, s'havia refugiat a les clavegueres.

–Jo el vaig veure, però el de la cara verda també m'havia vist i es va enrabiar molt. Se'm va llançar al damunt, però jo tinc molta força, encara que no ho sembli. Vaig lluitar per desfer-me'n i poder fugir i, mentre lluitàvem, li vaig arrencar la mà. És una mà de goma. Llavors vaig aconseguir escapolir-me'n. Em conec les clavegueres com la meva motxilla.

–Escolti... Ens deixaria veure la mà del fantasma? –li va demanar en Lluc.

En Pep, el Rata, la hi va allargar.

–Ja te la pots quedar, noi. Ningú no me la comprarà.

Llavors es va aixecar i es va allunyar.

–Moltíssimes gràcies! –van cridar els Tigres. L'home es va girar i els va fer adéu.

En Lluc va alçar la mà de goma verda amb un gest de triomf i va dir:

–Potser ens proporcionarà una bona pista.

Va examinar a fons el guant de goma i hi va trobar una cosa escrita, amb unes lletres tan petites que només es podien desxifrar amb una lupa.

–De pressa, anem al nostre amagatall secret! –va decidir.

Però els Tigres es van trobar amb una sorpresa molt i molt desagradable: les seves bicicletes havien desaparegut.

–Quin desastre! –va exclamar la Virgi–. I ara què fem?

–Primer de tot, denunciar el robatori a la policia –va dir en Lluc–. Però vull saber ara mateix què hi diu, al guant. Pau, passa'm la targeta d'aventurer!

–No hi ha cap lupa, a la targeta –va dir en Pau.

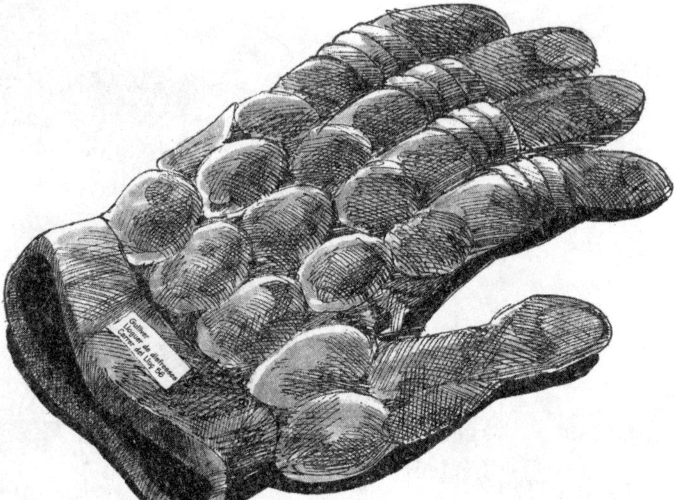

–No em cal! –en Lluc va ficar la mà a l'aigua i va deixar caure una gota grossa damunt la targeta i va mirar les lletres a través de l'aigua. La gota feia de lupa.

Pregunta per a tu

Què hi diu, al guant?

Consell de la Penya dels Tigres

Agafa la targeta d'aventurer i posa-hi una gota d'aigua. Les instruccions les trobaràs a la pàgina 124.

Increïble!

—QUE SÓN VOSTRES? –els va preguntar una dona mentre assenyalava les tres bicicletes que hi havia rere una parada del mercat, recolzades en unes caixes.

–Sí! –van exclamar els tres Tigres.

–Com que no duien cadenat ni res, he pensat que les posaria en un lloc més segur –va dir la dona.

La Penya dels Tigres li va donar les gràcies i a continuació es va dirigir al carrer del Lluç, per mirar d'esbrinar qui havia llogat la disfressa de fantasma. La botiga era un magatzem enorme, ple fins dalt de disfresses de tota mena. El local feia olor de pols i de boles de naftalina.

Una dona gran se'ls va mirar per damunt de les ulleres antiquades i els va preguntar què volien.

–Busco alguna cosa espectacular. Per exemple, una disfressa que tingui una màscara de goma –va dir en Pau.

–Em sap greu, però el Gegant Verd el tinc llogat –va dir la dona–. I no sé pas quan me'l tornaran.

–I qui el té? –va preguntar en Pau.

La dona va fullejar un llibre bastant gruixut, i va anar repassant les columnes amb un dit. Llavors va donar un nom a la Penya dels Tigres. Tots tres es van quedar de pedra.

–N'està segura? –va preguntar en Lluc.

–Ja ho crec que sí, noi, per què ho preguntes?

–Ah, no, pe... per res! –va quequejar la Virgi.

Quan van tornar a ser al carrer, es van mirar desconcertats.

–No ens creurà ningú! –va gemegar en Pau. I és que la disfressa l'havia llogada el senyor Roig, el president del club de futbol. Per tant, ell era el fantasma.

–Deu voler fer trampes per evitar que l'equip passi a segona –va deduir en Lluc.

–Però com podrem demostrar el que es proposa? –va preguntar la Virgi.

–Aquest vespre hi ha la festa al camp de futbol. Val més que hi anem i tinguem els ulls ben oberts –va proposar en Pau. Als altres els va semblar una bona idea. Però com s'ho faria en Pau perquè l'hi deixessin entrar? Al cap i a la fi, li havien prohibit tornar a les instal·lacions del club.

–El senyor Soler m'ajudarà! –va exclamar en Pau–. Li ho demanaré.

Van anar fins al camp de futbol i van trobar el vigilant a l'entrada, prop dels vestidors. Acabava de rebre una comanda de begudes. En Pau el va saludar tot content, però el vigilant va fer mala cara i li va deixar anar:

–Què hi fas tu, aquí? Tinc entès que t'han prohibit l'entrada al recinte.

–Ho trobo increïble, que vostè també s'ho hagi empassat, tot això que sóc un lladre –va protestar en Pau.

–A hores d'ara, ja ho sap tothom, noi. Estic molt decebut! –va dir el senyor Soler mentre s'allunyava.

–Que no posin taules damunt l'herba –va ressonar la veu del senyor Roig per damunt del camp.

En Lluc va córrer cap al camp de joc i va alçar la vista cap a la finestra del despatx del president. Era allà dret, parlant per un micròfon.

O sigui que en Roig podia fer servir els altaveus des del seu propi despatx. Això també era una prova que confirmava que ell era el fantasma.

La Penya dels Tigres no va tenir cap altre remei que tornar a marxar.

Però al vespre van tornar. Des de la banda, a l'altre extrem del camp, es van dedicar a observar la festa, que estava força animada.

En Lluc havia dut uns prismàtics i es dedicava a mirar la concurrència.

El senyor Roig era al seu despatx il·luminat i des d'allà, saludava la gent pels altaveus. Desitjava a tothom una vetllada agradable i avisava els seus jugadors que només prenguessin sucs de fruita.

–En Jordi Ferrer també hi és! –va anunciar en Lluc–. La gent li demana autògrafs!

En Pau li va prendre els prismàtics.

–Em sembla vergonyós! –va protestar–.

Aquesta nul·litat té la culpa que l'equip jugui tan malament.

–Com deu voler administrar l'antídot als jugadors, en Roig? –li va venir al cap a la Virgi–. Ho haurà de fer sense que ningú ho sàpiga, oi?

Tots tres van tenir la mateixa idea gairebé alhora: segur que era allò el que es proposava el president del club.

Pregunta per a tu

Què farà en Roig amb l'antídot?

El fantasma ataca

DE SOBTE, una mà verda es va deixar caure damunt l'espatlla d'en Pau. El noi es va girar espantat i es va trobar de cara amb el fantasma.

–Lluc... Virgi –va dir amb la veu escanyada.

–Un moment –van dir els seus amics Tigres sense treure els ulls del que passava a la festa, per no perdre's cap detall que pogués ser important.

El fantasma feia anar amenaçador una pala que duia a l'altra mà.

–Correu, fugiu! –va cridar en Pau als seus amics.

Només llavors la Virgi i en Lluc es van adonar de qui tenien al darrere.

Ple de ràbia, el fantasma va deixar caure la pala que havia alçat per damunt del seu cap, però va errar el cop i va picar a terra, molt a prop de la Virgi.

Llavors el fantasma va amenaçar en Lluc.

El Tigre es va fer enrere, però el fantasma el va seguir.

–Toquem el dos! –va cridar en Pau.

El fantasma no parava de donar cops de pala mentre empaitava els Tigres. Encara no havia obert la boca, però quedava clar que els volia fer fora d'allà.

–Ja sabem que és el senyor Roig! –va cridar la Virgi.

–No..., no és el senyor Roig! –va esbufegar en Lluc. No feia ni un minut que havia vist el president a la finestra del seu despatx.

–Oh, no! Ja sé qui és el fantasma! –va exclamar en Pau.

En aquell moment va ensopegar i va caure. La criatura verda va alçar la pala amb força.

–No! –van xisclar en Lluc i la Virgi en veure el terrible perill que corria en Pau.

–Aiii! –va cridar el fantasma de sobte, i va estar a punt de caure de costat. Després va deixar anar la pala i es va allunyar coixejant.

Què havia passat?

En Pau va mirar cap al lloc on havia sentit grinyolar alguna cosa i va veure la tapa de la claveguera, que s'havia alçat i li havia caigut al fantasma just damunt dels dits del peu.

En Pep, el Rata, va treure el cap i els va dir tot rient:

–Li hem donat el que es mereix!

Pregunta per a tu

Qui s'amaga sota la màscara del fantasma esquerrà?

Autèntics professionals

LA PENYA DELS TIGRES va anar a trobar de seguida el president del club. En Pau, abans que l'home el pogués fer fora del recinte, li va explicar el que havia passat.

La gent s'acostava, encuriosida, a escoltar.

–Segurament, el senyor Soler havia pujat al seu despatx per reparar l'ascensor. Em deuria veure per la finestra quan vaig sortir al camp amb la pilota verda. La pilota estava embolicada amb el plàstic per tal que la substància no s'evaporés! –el Tigre parlava de pressa–. Com que no vaig deixar la pilota de seguida, me la va haver de prendre. Senyor Roig, digui'm una cosa, vostè tenia la disfressa al despatx?

Tothom mirava amb expectació el president, que s'havia posat vermell.

–Sí, la meva dona volia anar a un ball de màscares, per això tenia la disfressa penjada al despatx.

En Pau ja ho tenia tot clar.

–El senyor Soler se la va posar i va córrer fins al camp.

–Un moment! Que algú aturi ara mateix el senyor Ferrer, també! –va exclamar en Lluc esverat. S'havia adonat que l'entrenador es disposava a fugir dissimuladament.

–No diré res, si no és en presència del meu advocat! –va exclamar el senyor Ferrer quan el van agafar entre uns quants homes.

La Virgi va deixar anar un xiulet.

–Tot sembla assenyalar el senyor Ferrer com el cervell d'aquest pla pervers. El senyor Soler devia treballar per a ell. Es devia voler treure un sobresou.

–No m'ho puc creure! –va exclamar el senyor Roig.

–Doncs és així. Que ningú begui suc de fruita! Segurament conté l'antídot! –va dir la Virgi.

Els jugadors, espantats, van deixar els vasos damunt la taula.

–El senyor Soler! –va recordar en Pau–. Viu al pis que hi ha darrere els vestidors!

La Penya dels Tigres va córrer cap allà. La porta era oberta de bat a bat.

El senyor Soler va tenir un bon ensurt. L'havien enxampat fent les maletes per fugir.

–Maleïts tafaners! –els va escridassar.

–Au, confessi: ja ha posat l'antídot al suc de fruites? –li va preguntar en Pau.

–No penso dir res de res! –va dir el senyor Soler amb ràbia.

–He trobat la pilota! –va dir en Lluc, que s'havia posat de quatre grapes i l'havia descobert sota el sofà.

Però, què se n'havia fet, de l'antídot?

Va ser la Virgi qui va descobrir una pista important.

L'antídot ja és al suc de fruites o no?

L'endemà, tots els diaris parlaven del cas del fantasma del camp de futbol i tothom lloava i aclamava en Pau i els seus amics Tigres, que havien salvat el club d'un bon escàndol. No cal dir que en Pau va poder tornar immediatament a l'equip juvenil. Tan bon punt es va saber que també havia estat el senyor Soler qui havia deixat la cartera del president a l'armariet d'en Pau, el senyor Roig es va disculpar per haver-lo titllat de lladre.

Com a recompensa, en Pau podria entrenar-se un cop per setmana amb l'equip del club. Era l'honor més gran que el noi hauria pogut somiar.

I a més, la Penya dels Tigres tindria entrades gratis per a tots els partits.

–Com us ho heu fet per poder descobrir aquest misteri? –els va preguntar el president del club.

En Pau, en Lluc i la Virgi es van posar a riure i després van exclamar:

Som els Tigres,
som genials!
Podem resoldre
qualsevol cas!

Fitxa del cas

El fantasma del camp de futbol

El quart membre de la Penya dels Tigres

(posa-hi el teu nom)

ha resolt aquest cas...

no — una mica — passablement — bé — molt bé — de primera

Lluc Virgi Pau

Targeta d'aventurer

La targeta d'aventurer s'utilitza de la manera següent:

1. A quina distància es troba algú?

Has de sostenir la targeta amunt, amb el braç estirat, i comparar l'alçada de la persona amb els dibuixos de la targeta.

2. Llegir un mapa

Situa la targeta d'aventurer damunt un plànol de la ciutat. (Atenció: has de tenir en compte l'escala!). Llavors ja pots calcular les distàncies.

3. Regle

4. Microscopi

Posa una gota d'aigua al mig del cercle. Actuarà com una lupa.

Nom: Thomas Brezina
El meu fort: m'agrada molt escriure històries interessants i divertides que m'hauria agradat llegir de petit. Ja he escrit més de cent llibres, molts dels quals són en CD-ROM. Sóc el presentador d'un programa de preguntes i respostes a la televisió i del joc d'investigació policíaca *La bona pista*. També sóc ambaixador de la UNICEF per Àustria.
El meu problema més gran: no tinc paciència, sóc molt desordenat i a vegades, quan m'estic inventant les meves històries, als meus amics els sembla que estic una mica trastocat.
Trobo fantàstic: els aparells electrònics curiosos i els ordinadors, el meu gos Putzi (que sembla un plomall amb potes), l'estiu i la llum del sol, els musicals i les pel·lícules.
Tret identificatiu: col·lecciono rellotges bojos. En tinc un, per exemple, que va cap enrere.
Web: www.thomasbrezina.com

Un cas per a tu
...i la Penya dels Tigres

1 El Temple del Tro
2 El misteri de l'hípica
3 L'avió fantasma
4 Els robots cavallers
5 La Costa dels Esquelets
6 La maledicció del faraó
7 L'helicòpter del malson
8 Monstres invisibles
9 El vapor del Missisipí
10 El safari dels monstres
11 La góndola misteriosa
12 El casc de la calavera
13 Els Pantans Embruixats
14 Una mòmia al volant
15 La mà del monstre
16 La masmorra oblidada
17 Pirates extraterrestres
18 L'ull de foc
19 El cowboy sense cara
20 El misteri del casalot abandonat
21 El fantasma del camp de futbol
22 La màscara misteriosa
23 La muntanya maleïda
24 La nit dels ninja
25 Els pirates d'internet
26 El cementiri dels dinosaures
27 A qui truca el vampir?
28 Un espectre a la classe
29 El sabre del samurai
30 El palau de les panteres platejades
31 El tresor del riu dels Castors
32 La fortalesa dels taurons

I no t'oblidis del SUPERCÀS de la Penya dels Tigres

1 Verí a l'escola
2 L'illa de les serps
3 Xiscles a la casa encantada
4 Els lladres de tombes
5 Presoners a l'edat de la pedra
6 El sepulcre dels extraterrestres
7 Com va desaparèixer el 6è A?
8 El lladre invisible

MANUAL
DE DETECTIU